마음 맛는 책 [13]

需炫 허정자 시집

고요속의 행복

국립중앙도서관 출판시도서목록(CIP)

고요속의 행복 : 수현 허정자 시집 / 글쓴이: 허정자.
-- 서울 : 북랜드, 2015
p. 192 ; 120×187cm. -- (북랜드 마음 맞는 책 ; 13)

ISBN 978-89-7787-642-2 03810 : ₩10000

한국 현대시[韓國現代詩]

811.7-KDC6
895.715-DDC23 CIP2015017717

마음 맞는 책 13 수현 허정자 시집

고요속의 행복

박은날 | 2015년 7월 5일
펴낸날 | 2015년 7월 10일

글쓴이 | 수현 허정자
펴낸이 | 장호병
펴낸곳 | 북랜드
135-936 서울 강남구 강남대로 320 황하빌딩 1108호
대표전화 (02) 732-4574 | (053) 252-9114
팩시밀리 (02) 734-4574 | (053) 252-9334

등록일 | 1999년 11월 11일
등록번호 | 제13-615호
홈페이지 | www.bookland.co.kr
이-메일 | bookland@hanmail.net

책임편집 | 김인옥
영 업 | 최성진

ISBN 978-89-7787-642-2 03810
값 10,000 원

고요속의 행복

책머리에

내 고향은 경상북도 영일군 연일면 택전2리 댁골이다.

마을 들어오는 도로 양쪽에는 너른 평야가 펼쳐져 있고 지척인 동해바다를 향해 소담하게 솟은 옥녀봉의 크고 작은 골짜기가 아름다움을 만들어내는 곳, 마을을 병풍처럼 대나무가 자욱하게 둘러있어 댁골이라고도 하는데 신라 때 밀개산 높은 지대에 대신들이 대궐 같은 집을 짓고 살았다 하여 택골이라 하기도 했던 유서 깊은 마을이다.

마을 입구에 들어서면 수백 년 넘는 고목들이 숲을 이루고 서로의 가지가 닿아 한 몸을 이루어 자란 연리지와 회화나무 느티나무 팽나무가 어울려 동북쪽에서 불어오는 바람을 막아준다. 여름이면 그 그늘 아래 동네 어른들 더위를 식히며, 자라나는 아이들 걸음걸이까지 지켜보던 예의 바른 곳이다.

나는 팔 남매 넷째로 해방 이듬해 태어나 육이오를 겪으며 커왔기에 보슬비 내리는 날에나 가을 나뭇잎 물드는 날에는 약속이라도 한 것처럼 나는 댁골로 달려간다.

가난했지만 많은 형제들로 북적대며 행복을 꽃 피웠던 곳, 정월 대보름이면 할머니는 휘영한 달님을 보며 소지로 식구들의 평안과 건강과 장수를 손바닥으로 싹싹 소리 내어 빌어주셨다. 할머니의 크신 사랑과 기척을 알리는 대문 밖 아버지 큰 기침소리 안개 속을 헤쳐 가시던 똥지게의 뒷모습이 아련하고 어머니의 손때 묻은 솥뚜껑 위 행주에는 아직도 김이 서린다.

고희를 바라보는 이 세월에도 아름다운 그 시절 잊을 수 없어 책상 앞에 앉으면 그날들이 떠올라 키보드 앞에 눈물 뚝뚝 흘리며 소리 내어 엉엉 울기도 하며 쓰는 날도 있었다. 지금 생각하니 할머니의 기도, 그 정성은 내가 찬양하고 있는 하나님의 은혜와도 같은 느낌이었다. 복 주시는 여호와처럼…….

이제 처음으로 세상에 내놓으려고 하니 부족하고 부끄럽지만 내 마음의 기도라 여기며 산골짝 물 같은 순수함과 푸른 산빛처럼 아련한 가슴 울림이 있다고 격려해주신 선배 지인들의 말씀에 힘입어 감히 옷자락 여미고 펼쳐본다.

등단을 채근해 준 박상희 시인께 고마움을 전하며 편집에 애써주신 남계 선생님에게도 감사를 드린다.

2015 정미년 6월
수현 허정자

차례

2 — 복사꽃 피는 마을

3 — 행복을 추구하는 기도

4 — 어울림의 노래

1
가지 위에 빨간 마음

고요속의 행복

고요속 새근거리는 숨소리
오선지 그려대는 바람에
초저녁잠에 쓰러졌던 나의 눈은
어두움 속에 화폭을 하나 발견하여
펼쳐 들고 웃는다

지그재그로 누운 누드화처럼
발도 입도 마주대고
아프리카 밀림인가
태초의 창작을 다시 보는 느낌
참 재미있어 눈 비비며 또 웃는다

다시 끌어 당겨 질서 정돈해 보지만
금방 흐트러지는 그 모습들
그분이 지으신 그 솜씨
자꾸 자꾸 보아도 신기하고 예쁘다

장난치듯 보낸 시간
어느새 문틈 사이 밝은 빛 들어와

소리 없이 깨운 부스스한 얼굴들
어찌 그리 예쁜지
쏟아 붓는 아침 해처럼
행복 또한 쏟아져라 빌어본다.

고맙고 고마베라

왁자지껄 정신없이
해먹이고 하다가 모두 떠나고
또 혼자 남았네

보따리 보따리
물샐까 다시보고 또 메어서
빠뜨리고 가는 것 없나 살피며

새끼들 알뜰히 챙겨
잘도 떠나가네

암 그래야지 하면서도
빠뜨리고 가는 건 어미인지 모르고
당연한 척 버려두고 그냥 가네

손 흔들며
몸 건강히 잘 계시라고 하면서도
옆에 있는 각시만 쳐다보고 웃는
저 팔불출

외로움이 산더미 같다 할지라도
돌돌 뭉쳐 깔깔대며 가는 모습
고맙고 고마베라

반추反芻

꿈같은 세월 어느덧
그렇게 흘렀나요
무엇이 어떻게 지나갔는지도
모르게 훌쩍

시끌벅적 아침 밥상
달음질치듯 달아난 뒤
창문 열고 호젓이 하늘 보며
웃음 짓던 그날이여

행복이 바로 그것임에도
더 큰 행복이
기다릴 줄만 알았던 꿈이여

더듬어보면 지난날
다 축복인데 서러운 건 무언지
꽃봉오리 같은 그 청춘이야
바라지 않건마는

보고싶소 사랑하오 그리워요
말하면 무어라 대답할까
거울 쥐고 가슴 콱 막혀
한 방울 눈물 뚝 떨어진다

歲月의 수다

忍苦의 세월을 보낸 마음들이 만나
밤새우며 조잘조잘 떨어본 수다
슬픔 반 행복 반
자랑 반 흉 반

데굴데굴 구르며 배꼽 잡고 웃다가
어느새 주루룩 흘린 눈물
이순에 모인 그 심정 다 똑같더라

세월에 닮은 그 모습들
잘난 것도 못난 것도 배운 것도
못 배운 것도 다 똑같더라

모이기를 좋아하는 그 마음들
움켜잡은 손 제 아무리 발버둥쳐도
째깍거리며 지나가는 시계바늘인 것을

밤새 털어놓은 수다
인생은 거기가 거기더라는 소리
자주 만나 웃음이나 마음껏 웃고 살자는
그날 밤 떠들던 수다 모두가 똑같더라

머지않은 봄 앞에서

산언저리 하얀 눈
겨우내 꼭 잠긴 베란다 문
커턴 걷어 올리고 바라다본
반석마을 뒷산
언제 다 녹을지
등에 업힌 봄 같은 꽃 한 송이
그 입김 호~ 불면
곧 날아가 녹일 듯한
새근새근 코 소리 따습다
일 년이 잠깐이다
금 같은 귀한 시간 귀히 쓰는 나의 하루
창살 없는 감옥 같을지라도
추억을 쌓고 있는 에너지가
달리는 말에 채찍이다
운동장에 기마전하는 아이들처럼
즐겁고 기쁘게
외치는 함성
내 자장가 소리다

덩더꿍 깍 꿍
눈과 눈을 마주치면
봄꽃이 어디 이보다 예쁠까
봄은 머지않았나 보다
오늘과 내일이 서로 바쁘게 오고 간다.

팔푼이 아침

4월이다 어느새
어정거리다 둥둥 북 칠 일 없지만
보내는 시간들이 아깝다
부지런한 생명들
다투어 피는 꽃잎에 물을 주며
고장난 벽시계 노래 틀어 놓고
한 소절 따라 부르다 웃는다!

바쁜 척
여기저기 갈 데는 많은데
꼭 해야 하고
꼭 안 해도 되는 일들
마음속에 주섬주섬 편 갈라보며
서둘러 외출 준비하다가
점점 이기주의利己主義로 가는
못마땅한 처사處事가
황혼에 물들리고 있는 것이 미안하다

그러나 부르지도 않는데
덥석덥석 발 가고 마음 가는 데로
움직이는 것 아니라는
노인대학 강의노트 보며
절제하지만
팔푼이로 살아야 건강하다는 명강의를
그래도 실천해야겠지

앞치마를 입고

마트를 서성이다가
아주 비싸고 예쁜
앞치마를 하나 샀다
거울 앞에서 앞뒤를
빙글빙글 돌아보았다
재미있는 내 모습
어찌나 웃음이 나는지

한참을 웃다가 다시 거울을 본다
잠시 휘돌아간
꽃바람 같은 세월이
치맛자락 잡고
이 봄 창틈을 비집고
추억 불러들이네

반백이 다 된 머리에
핀 하나 빼딱하게 꼽고
헤죽헤죽 웃고 있는 나를 보고
행복이 쪼르르 밀고 들어와

팔푼이 된 내 어깨를
토닥토닥 주물이다가
히히히 헤헤헤
지도 웃고 나도 또 웃었다

삶이 허전한 일이 있거들랑

삶이 허전한 날이 있거들랑
우시장을 가보자
등에 멍에를 내려놓고
팔려온 저 소

둥그런 눈을 크게 뜨고
불평도 원망도 없는 듯
주어진 삶 최선을
다 했다는 늠름한 저 모습

우직한 저 본능의 헌신
얼마의 값을 받든
자기 맡은 일만에
게으르지 않았다는 자신감

침묵의 되새김질
입놀림만 자세히 보고 오자

미안한 하루

스산한 바람으로만 채울 수 없어
나룻배가 있는 강으로 가고 싶었다
거긴 해 저물 때쯤이면
머리에 이고 온 짐을 내려놓고 쉬는 이 있어
데리고 간 가엾은 하루에
세수를 시키며
따스한 저녁밥이라도 지어 주고 싶다고 말하면
거울처럼 닦아 놓은 하늘에게 비춰 보라지
티 없는 자 없고 때 묻은 옷 가려내면
남아나는 것 몇 개냐며
“쪼그라든 마음부터 반지르르하게 넉넉히 하라”는
그 인자한 말
흥정이라도 해서 받아내어 주고 싶은 마음이 된다.
미안한 하루에게

간 큰 시어머니

아들네 거실에서
여름비 마구 쏟아지는
유리창을 내다보다 비옷을 입고
채소 자루 과일 상자를
마주 들고 내리는 부부
아파트 장날인가 보다

천둥 번개도 우르르 치는데
여기까지 와서 가게를 펴 놓으려면
새벽시장 다녀왔겠지
젊어 보이는 저 부부
아이들은 밥을 먹여 학교 보내고 왔는지
봐주는 사람이라도 있는지
이래저래 마음이 짠하다

불만 몇 마디 픽 던지고는
시무룩한 내 뒷모습
눈치 슬슬 보는 며느리

명품 가방 들고
자가용 타고 출근하지만
정신적 할당은 같을 것인데
애기 좀 봐준다고 으스대는 이 시어미
간 크다고 할라나

가지 위에 빨간 마음

메마른 가지 위에
빨간 마음들
누구에겐 하찮은 것이
누구에겐 꼭 필요한 만큼
겨울 동안에 희망이 되는 것

계절도 동물도
그런 마음을 알고
제 목숨만큼만 취하고
또 다른 녀석을 위해
마음을 남겨두고 자릴 비운다

유독 사람만은
특히 가진 것이 많은 이들이
그런 마음을 먹는 게
어려운 일인가
추위 속에 내몰린
삶과 사람들 방관하는 세상

봄이 머지않은 어느 날
마지막 열매 한 알
절실한 이들을 위해
조금만 양보할 수 있는
그런 마음
이른 아침에
배달되어 오는 글 읽고 싶다

샌드위치 거론

납작하게 엎드려
시키는 대로 복종했습니다
겹겹이 색색이 등에 지고 맛을 내었지요
힘들었지만 그래야만 되는 줄 알았습니다

사랑채 큰기침 절대적인 권위 속에
바글바글 좁은 아랫목
달짝지근한 용서와 화해가
참을 인(忍) 자는 파릇파릇 상추잎
노란 꽃 되어 맛 내었지요
그 세월 다 지나면
넓은 바닷가 조개 잡고 창공을 나는 새처럼
자유인이다 외치려 했는데
그 위에 한 장 더 얹어 누르는 건
무슨 맛을 내라는 건가요
억울해 고소하고 싶어요

* 2014년 겨울 귀여운 손녀 등에 업고 창 너머 내리는 눈발을 멀거니 보다가

들새의 푸념

둥우리 비워둔 채로
어둔한 날개로 기웃기웃
4월의 꽃향기가
들 숲을 상큼하게
뿌리며 지나가는데도
축 처진 어깨로
상대 없는 푸념으로
빈가지만 쫒고 있다

하늘 끝까지 올라갈 듯
날갯짓하며
꿈을 향해 퍼덕일 때
행복한 줄 몰랐어라
이제사 빛 고운 날개 접고
외로움 불러 모아
"계절이 짧아 계절이 짧아"
익살스런 푸념만 하는
들새의 노래

잠언箴言

지난날 젊은 시절 사업이 왕성하여
들며 날며 마신 술
마누라 가꾸리 눈 장인어른께
일러바치다
"이 사람아 돈은 늘 벌리는 게 아니네
잘 될 때 열심히 하라"는 자애로운 한 말씀

야윈 어느 날 포장마차에 앉아
안주 없는 소주 한 잔에
주먹만 한 눈물 뚝 발등 깨지는 소리
때 늦은 후회
그 말씀 맞더라고 확실한 그 증언
섣달 문풍지 소리같이 귓전에 펄럭인다던

불면

어깨 위에 저울추 같은
그림 하나
떼어내지 못한 밤이
기어이 어둠을 몰아내고
먼 바다 위로
터질 듯한 태양 치솟았다

버거운 삶은 이제
다 풀어놓아 가벼운데
기억 속 추억마저도
연연하지 않건만
그립고 보고픈 사람 있는 걸까

이제 잠이 도망간 밤은
무대를 설치해놓고
되돌릴 수 없는 녹빈홍안을
그렸다 지웠다
웃다 지웠다 해야 하는데도.

가을 여인

동백아가씨 노래를
부르고 싶은 날이 있습니다

악기처럼
술렁술렁 나뭇가지
바람에 흔들릴 때에
유희를 하며
내려앉은 낙엽
창가에 서서 보는 어느 날입니다

부럽지 않을 만큼
사랑한다는 말을
듣고 싶은 날도 바로 그런 날입니다
사랑이란 뜻이
어떤 의미이든 간에

길 위에서

아래로 툭툭 떨어지는
낙엽의 무게가
가벼운 것은
내려놓기 때문일 것이라

빈 몸이 되어 손을 번쩍 위로
들고 있는 나무들은
만세를 부르는 듯한데

단풍든 사람은 왜 모두
납덩이 달아 놓은 듯
팔이 축 처져 있는 걸까

다 내려놓지 못해
삐걱거리는
무게 때문이 아닐는지

행복은

쑥밭 같은 머리핀 하나 쿡 꽂아도
"예뻐요"라는 말 들은
그런 날 행복했듯이

멋 내지 않아도 과장하지 않아도
나를 알아줄 때
나를 필요로 하는 사람들
거기에 기쁨 있지 않는가

먼 기억도 아닌
엊그저께 같은데
어느새
세월 훌쩍 흘러갔지만

나를 모르고 내 것이 없을 때
최선을 다하는
내가 예뻐 보였을지도

행복은
높은 데 있는 것이 아닌
모든 것을 누리는 데 있는 것도 아닌

오직
진정한 사랑이 있는 곳에서 소리 없이
만들어내는 것을……

바다와 친구 이야기

끝도 없이 넓고 푸른 바다
그 능선 타고 고깃배 떠 있네
오늘은 아주 잔잔하고 평화롭구나

인생과도 같은 풍랑이 거품 물고
길길이 뛸 때는 거칠기도 하더니만
넘실넘실 아주 점잖고 귀품 있고 풍요롭다

그리 멀지도 않은 옛적에
친구 같은 큰딸과 돛단배
스케치해서 물감 칠 도와주고
예쁜 수영복 입혀 고무배 태워 밀어주곤 했었지

희망의 돈 바람 불어 펄럭펄럭
"노 저어가는 사공 어디로 가는 건가요"
물어보던 그 아이 교사되어 이제 어머니 가르친다

더 가르칠 것 없는 아이 이제 친구 되었네
나의 일 제가 더 잘 알고

저의 일 내가 더 잘 아는 백년친구 되었네

귓속말로 소곤소곤
가르치는 인생 이야기
내 젊은 시절 아는 얘기지만 나는 들어준다

자식 키우고 어른 모시고 남편 뒷바라지
똑같은 이야기……
그게 그거야 달라 보이지만
우린 똑같은 여자이거든

아이야
푸른 바다가 가슴을 열고
우리 이야기 다 듣고 있데이
저기 보거래이

내 마음속 항아리

자연이 숨 쉬고 있는
토속적인 향기
삭을수록 깊은 맛이 나는
변질 없는 질그릇에
누군가를 담아
오래오래 익혀두고
들국화 같은 둥그런 집에
갈대 몇 가지 흔들대는
멍석 깔린 마당에서
잘 삭힌 그 맛보며 웃고 싶다
곱게 물들인
감나뭇잎
장독 위에 소복한 어느 날에

오카리나 부는 할머니

앞산 고산골 아침이면 창문에 새가 지저귄다고
푸른 잎 안구眼球에 좋다고 찾아가 살림 차린 할머니
오카리나를 배운다고 한 곡 불러주었다

젊은 시절 마음먹으면 못해내는 일 없었다던
키가 크고 늘씬한 멋쟁이
그의 삶은 억지로 들여다보지 않아도
외로움은 어느새 몰래 들어와 친구하고 있었다

자녀들과 적당히 거리를 두고 자유를 즐기는
지혜스러운 요즘 부모님
장롱 문을 열어 보이며 럭셔리한 쇼핑몰을 구경시키고

꽃나무로 장식한 예쁜 집에 새싹 비빔밥을 시켜먹고
하얀 얼음 눈에 단팥 가득 올린 빙수를 먹으며
웃고 즐기다 왔지만

저물어가는 인생 너나 다를 게 뭐람
거기 산노루처럼 쓸쓸해 보이는 노인 한 분
인생은 늘 혼자라는 것을 가르치고 있었다

봄을 기다리는 여심

천을산을 걸어보았네
나직이 내려앉은
솔잎의 질서를 보며

아직은 겨울이 여연한데
봄을 염원하는 마음
갈급한 숨 한번
후련하게 내쉬어본다

쭉쭉 키 큰
소나무와 악수를 하고
새봄 준비 바쁘지?
나지막이 물었다

움 틔우고 꽃 피울 참꽃나무도
보라꽃 피워 살랑거릴
싸리나무도 바쁘겠다

마음은 춘삼월이지만
꽃 피우랴
바쁘지 않은 나는

무료하고
심심한 봄 맞을까 두렵네.

* 천을산 : 대구 시지동에 있는 작은 산 산책로

거울 앞에 그는 누구

거울 앞에 서서 조용히
마주보고 있는 사람
오래 전부터
친근하게 지냈던 사람은 분명한데
한 노인이 거기 계시니

오늘은 진종일
낯설게만 느껴지니 왜일까
그는 나를 유심히 보고 있다
나 또한 말없이 서로 쳐다보며
웃지는 않았다

좋은 말로 웃게 하고 싶은데
지금은 욕심 없이
다 놓아 버린 노인
무엇을 한참 생각다 말고
그냥 웃어 버리기에 나도 따라 웃었다

우리는 가끔씩
말없이 서로 바라보기만 하다가
걸어놓은 모자를 써보기도 하고
다시 걸어놓고 웃기도 하다가
같이 외출을 한다

시금치를 무치며

살짝 데친 시금치
파란색 너무도 곱다
이파리 앞뒤가
반짝반짝 윤이 난다
조물락 조물락
내 젊은 시절처럼
달짝지근한 맛을 낸다

추억 한 접시 앞에 놓고
웃음이 나는 지난날
“뽀빠이 살려 주세요”
올리브의 목소리 흉내 내며
밥 먹이던 그날이
수북하게 모여 앉는다

치열한 경쟁 속 바쁜 나날
엄마 흉내 내며
내 닮은 너도
작은 왕들에게 아양 떨고 있겠지

바람 불어 가랑잎 구르는
안부 그리운 이런 날에는
파란 시금치 무침
앞에 놓고 웃는다는 걸 아는지

사죄

어진 하늘이시여
인내의 두루마기를 입은
그 힘든 삶을 보셨나요
“너거들도 살아봐라”
그 말씀 너무도 절실한 것을

청춘에 홀로 된 시어머니
몸이 약해 자주 몸져 눕는 남편
팔남매 자녀들
생각만 해도 끔찍한 세월

장사 중에 장사
군졸 거느린 그 큰 버팀목
등이 굽어 펴지 못하시더니
모진 세월 세찬 바람에
육십구세 어느 날 결국 쓰러지셨다

따뜻한 그 손잡고 수고하셨습니다
장하십니다

그 흔한 말 못하고
불만만 늘어놓았던 그 시절 그 죄

죄송합니다 죄송합니다
이 말밖에는

내 작은 섬에는

가끔씩 가 보는 내 작은 섬
외로울 것 부족한 것 하나 없이
사색을 불러 모아
시나 읊조리며 행복하다가

어느새 변덕쟁이 아줌마 심사
구구절절한 사연
서러움이 가득한 고독은
혼자 다 안고 있다

어느 날은 옛 성인
4 복음서 다 읽은 것처럼
오른손이 하는 일
왼손이 모르게 해야 된다며
어진 숲처럼 그러다가

괜스레 턱 고우고 앉아
미운사람 고운사람

가리고 앉았을 때 보면
영락없는 밴댕이 속
그 섬의 주인은 나
턱에 수염 없는 여자가 분명하다

꽹과리 없는 막춤

곡조를 넣지 않고도 흥얼거리고
리듬을 타지 않아도 흔들흔들 추는 춤
자장가는 작사 작곡이다

새근새근 음악을 즐기는 졸음
껌벅껌벅 행복해하는 천사 앞에
모든 잡념과 푸념 따위는 달아난다

잠에 취해 웃는 저 모습
그 천진 속에 푹 빠진 나
볼을 부비면 작년 겨울
녹지 않은 얼음덩이도 녹아내릴 듯

한 발짝 한 발짝 걸음마 배우면
꽹과리 없이도 우리 둘은
장단 없는 막춤 아마 매일 출 거라.

* 2010년 3월 대전에서 손자를 안고 있다가

진작 알았더라면

조용한 음악을 틀어놓고
그 속에 잠겨보면
그리움이 어떤 것인지
겹겹이 뭉쳐 가져간 세월이
가르쳐 준다

좋았던 날 서러웠던 날
꽃 피고
낙엽 지던 어느 날
모두가 웃음 나고
눈물 나는 걸 알게 된다

진작 알려주지
이왕에 그리울 바엔
나는 내려두고 너만 위해줄 걸
나 먼저 앞세워서
눈 흘긴 일 없었을 것을

2
복사꽃 피는 마을

내 고향 형산강

파란 물결 위에 연녹색 배 한 척
띄워놓고 그려본다
내 고향 영일만 형산강에

부챗살 물결 위로
다리 건너오시는 어머니 그림자
찔레꽃 하얀 잎 마중 나와 웃고

친구들의 함박 같은 웃음소리
귀에 쟁쟁 가슴 설렌다
모두들 잘 지내는지

출렁대며 어른거리는
수많은 그리움들이
석양에 물들어 곱고 아름답다

잉어도 황어도 함께 놀던
그 강은 영원한데
사랑했던 님들은
세월 속에 점점 잊혀져가니 서럽네

바다에서 쓰는 일기

억세게 거센 바람과 함께
기암절벽을 마구 때리는 파도
외도外道로 속 썩이는 남편
가슴 치듯 화풀이하는 아내 같다

간간이 넘실대며 밀려오는 파도
하얀 이를 드러내어 웃는
이해심 많은 아내
가정 화평을 찾게 하는 것 같고

멀리 갈매기 날고 있는
돛 달은 배는
세상 태어나면서 받은 달란트
의무 수행에 한목숨 걸고
최선을 다 하는 사나이와 같아 멋있다

가끔씩 가끔씩 와서 보는 바다
용서도 배우고 사랑도 배우는
그리고 돌아가서
행복을 만드는 교과서다
세월 다 보낸 내 일기장과도 같다

복사꽃 피는 마을

파랑새 우는 강 언덕을 한참 지나
조금 꼬부라진 길로 들어가면
내가 살던 곳
복사꽃 피는 마을이 있다

초가집 싸리대문 들어서면
돌담 위에 박꽃 초생달에게
눈웃음치는 정겨움이 있었는데

지금쯤 집 앞 살구꽃은 망울이
터질듯 달려 있겠지
겨우내 집 뒤란에 세워둔 살평상
꽃 피면 내어서 펴놓을 텐데

우리 엄마 안 계셔서
윗집 아랫집 어른들 오실레나
울 엄마 보고 싶은 날 가면
동네 어른들 그 나무 밑에서
더 좋아라 반기셨는데

올봄 그곳에는 몇 분의 어른이 계실지
날 보면 너도 늙는구나 하실까
아직 곱네 하실까

거짓말 같은 말 붙들고 웃는 날

촘촘하게 박힌 별을 보고 싶다
도회지 암울한 공기 속
희뿌연 매연
파란 하늘 보기가
아득한 것만 같은 날 있다

저만치 강 건너
작은 호롱불 켜놓은
책상머리에 앉은 그림자
생각나는 아련한
옛 추억이 그리운 밤
누나야 저기 보거레이
구름이 집 지었다

푸른 강 내다뵈는
동쪽 방 누나 하고
그 옆에 작은 마루 내 책상 놓을란다
아름다운 시 한편
건네준 사람 있어

푼수되어 재미있고 싶어 웃다가
글썽이는 눈언저리 만지며
행복에 젖기도 하는 날 있다

가끔 잘 계시나요
보고 싶다는
그 한마디 듣고 싶은 날은
"누나야
저기 새하얀 구름이 우리 집이데이"
거짓말 같은 말 붙들고 늘 웃을 것 같다

내 고향 댁골

햇빛 따사로운 산언저리
그 참나무 아직도 그대로 섰네
아련한 추억 속 일기장 같구나
둥근 마을 뒷산에는
대나무가 울이 되고
앞산에는 참나무가 울이 되어 경인년 육이오
그해 방패 되어 주었는데
마을 어귀 당수나무 내 자란 이곳에
선비처럼 서 있네만
쓸쓸한 흔적만 가득하구나
지나가는 사람 다 낯설고
배나무골 순애네 집은
텃밭밖엔 볼 수 없지만
함께 놀던 향나무 우물가
겹겹이 쌓인 추억
싸리문 열면 논둑에
가득한 아침 이슬이 은구슬로 반짝였지
저녁 달빛에 개구리 합창 어딜 가고
크게 지은 낯선 저 집엔 누가 살까

보고 싶은 사람 많은데
타동 사람이 동네 주인 되었구나
차만 오면 달려 나와 서 있던 바보 만도는
아직 건강하게 길조심하며 뛰어가고
울창한 숲 노인정 되어
이희복 시비 보기 좋게 마을 지키는 모습 고맙구나
골짜기 물소리 들으며
내가 뛰어놀았던
앞마당 기념으로 찍었지만
맨드라미 봉숭아
우리 엄마 닮은 목단꽃은 보이지 않더라

수야 엄마 이야기

고향 마을 댁골 동네
대나무 그늘진 수야 엄마 봉창에
하늘빛이 새어들어
밤마다 이야기한 세월이
60년도 넘었으랴

열아홉 청춘과부 수야 엄마는
서걱이는 대나무와
밤마다 공산당 욕하며
달빛 안고 살아온 그 청춘
백발이 다 되어 아직도 욕할 끼라

고향 마을 같이 살 땐
아개라 불렀는데 이제 늙어
등 굽은 할매 되어
잘디잔 주름살이
욕한 만큼 수놓았더라

엊그저께 연평도 총격 뉴스
수야 엄마 생각나 눈물이 난다
바다에 모란꽃
그 아름다운 연평도를
이제는 섬 아가씨 울릴 생각 말거라

* 2011년 1월 연평도 총격 사건을 보다가 빨갱이 사건 때 총살 맞아 남편 잃은 고향 마을 수야 엄마 생각나서 지은 글

거기 혹시

강 건너 거기 혹시
그리움에 젖어 우는 이 있거들랑
강물과 친구되어
하루를 보내 보세요

가슴마다
한 개씩은 다 묻어둔 일 있으니
흘러 흘러
가다 보면 잊힐 거라
말해 줄 거예요

세월이 가면
마음도 흘러간다는 거지요
누구나
혼자이지 않은 사람 없다고
달래어 줄 거예요

추억의 소야곡

드렁드렁 활기찬 삶의 리듬
소파에서 잠든 아들 코고는 소리
참 많이 닮았다
40대의 한창인 남편
한잔 마시고 들어와 자신 있게
들려주던 멜로디인데

그땐 그렇게 미운 소리
아들이 들려주니
고향 마을 초등학교 풍금 소리 같다
이방 저방
다리 쭉쭉 펴고 자는 손자들
잠자는 모습 고와서일까

살금살금 며느리 잠 깰까
노트북 들고 나와 먼 산 아지랑이
벚꽃 필 때를 생각하며
그리움 아닌 유명한 코골이
그 추억 생각나서 웃는다

어머님의 손

선보러 오시던 날
옷매무새 곱게 차려입으시고
아들 앞세우고 뒤따라
골목길 들어서실 때
내가 먼저 선보았던 어머님

나지막한 작은 키에
부드러워 보이진 않아도
세월의 주름살이 멋져
보이시던 어머님

그때가 예순이셨던 어머님
손마디 마디는
너무도 커시더라

쑥스러워 고개 들지 못해
나는 그 손 내내 바라보았다
지난 생애를 말해주는 손

이 세상 떠나시던 날
나는 그 손잡고 울었다
미안하고 죄송해서

오늘 문득 생각하니
내 나이 예순
굳은살 박혔던 어머님 손
생각하다가
물끄러미 내 손 바라보았다

배냇저고리

행복에 젖게 하는 장롱 속에 나의 천사
보송보송한 날개 옷
아직도 배릿한 그 향에 내 얼굴 묻었다

향에 취해 몽롱해진 나는
지그시 눈을 감고 웃음 짓는다

내 눈만 마주치면
웃음을 선사하던 너
나는 행복에 젖어 껴안고 부볐지

그 옷 입은 천사
어느새 장사되어
자기 둥지 틀었다네

지금쯤 아마 취한 채 넋을 잃고
두고 간
배냇저고리 그리움 모를 거야

술이 부른 훌라춤

밤이면 가끔 훌라춤을
추던 당신
나에게 사라지지 않는
저만치 꿈속 같은 추억

당신이 올 시간이면
아이들 다칠세라
구석구석 몰아 눕히고
안방 무대 만들어
춤을 추게 했던 나는
당신을 사랑했을까요

영차, 영차 아이들
양팔 들고 나는 다리 들고
당신 옮겨 재울 때
그때가 행복이었던가요

멀리 멀리 사라져만 가는 흔적들
그리워하는 이 밤
그래도 당신을 많이 사랑했나 봅니다

황소 눈과 아버지

둥그런 굵은 눈망울
그네 같은 속눈썹에 파리 두세 마리 태우고
지그시 감았다 떴다 하며
어질고 어진 그 등 내밀어
병아리 놀이터로 내어주던
언제나 진실이 가득한 사랑의 눈빛이여

태산 같은 일더미 아버지 어깨 생각하며
우직이 함께하는 끈기 있는 그 삶속에
쟁기지고 밭 갈며 힘드는 줄 모르고
꼬리 흔들며 앞서가던 훈훈한 그 정이여

앞서거니 뒤서거니 서편 해질 무렵
넓은 강둑 흐르는 물살에
크게 한 번씩 울음소리 낼 때
세월 속에 한 증인이 되어줄 듯
보이지 않는 그 어떤 힘이 등 뒤에서 빛나고

인민군 발자국소리 소름 들게 나던 날밤
고집스런 너는 대문고리 잡고 아버지는 방문고리 잡고
숨죽여 지키던 집 이야기처럼 들었는데
아직도 날려버리지 못한 홀씨들이
솜털보송이며 마당 한가운데 억새되어 섰더라

늘 생각나는 사람이 있다는 것은

늘 생각나는 사람이 있다는 것은
얼마나 행복한 일인가

살아가면서 지워지지 않는 사람 있다면
그 또한 고마운 것이
오늘이 외롭지 않다는 말 아닐까

설사 먼 훗날 그리움이 된다 하여도
오늘 사랑하기에
서럽지 않을 것 아닌가

그래서 그리움이 있는 사람들은
다 하지 못한 사랑
훈훈한 바람으로 늘 가슴 설레겠지

살아가면서 언제나 그리움이 있다는 것은
얼마나 좋은 일인가
늙어가는 것을 늦추는 것일지도 모르는데

세상에서 다시 만나지 않을지라도
그리움이 곱게 이끌어 내어
지난날을 행복해 하며 웃음짓지 않을까.

절정

포롱포롱 날아드는
종달새보다 더 예뻤다
노란 부리 같은 입으로

퉁퉁 불은 젖 입에 물려
도리도리
짝짝쿵에 취했던 때

절정絶頂 그때였어!

이 산 저 산
꽃 피운다 해도
그 시절만 못하네

세월을 더듬는 여인

혼자 걷고 있다지만
둘이서 걷는 것을
들키지 않게 짓는 미소 나는 보았네

맑은 노랫말이 귓가에 흐르고
몽환의 세계 속
혼자만이 간직한 사색의 길

자주색
싸리꽃을 꺾어 들고 그리워서
꽃잎에다 입맞춤하는 것도 보았네

세월이
기차를 타고 가면
전신주 달아나듯 지나가는데

추억은
더 가까이 하늘거리며
노란 발레리나 꽃되어 따라 오더라

오래된 이웃

노란 고무줄로 꽁꽁 묶은 봉지
차분히 방바닥에 펴놓고 반가워 미소지으며
그리운 이들 안부를 묻는다
다세대 주택처럼 한마당에
속옷까지 널어 말려 입던 반가운 이웃

초록순과도 같은 어여쁜 새댁들이 모여
이 집 배불뚝 저 집 배불뚝
뒤뚱거리며 고무줄치마 입고
배시시 웃고 나오던 예쁜 시절
형제처럼 사촌처럼 한 울타리 안에
오순도순 살았던 그리운 이들
누가 승진하면 이사 가고 누가 새집 사면 이사 갔다

그러다보니 한 집 두 집 다 이사 가고
두 분만 계신다더니
살아 계신다면 100세도 넘으셨는데
빛바랜 이 사진엔 아직도 건강하시네

추억속에 그 배불뚝이들 한밤의 해프닝
남산만 한 배 건장한 신랑 등에 업혀 골목길 달려

날이 새니 예쁜 옥동자 안고 들어오는
수줍 타던 모습 생각하면 웃음 나고

우리 집 양반 퇴근 시간 에피소드
사랑하는 마누라 수박 좋아한다고
한 잔 들어 얼큰한데 수박 들고 오다 퍽 엎어져
돌 박힌 수박 나눠 먹으며 웃다가
목 막혀 질식할 뻔했던 추억
빈 벽을 보며 또 웃는다

50년이 가까운 오래된 이웃들을
간간이 펼쳐놓고 웃는 것은
그 아름다웠던 초록순
가랑잎 다 되어 황혼빛 받고 보니 아무리 봐도
초록순보다는 그저 그윽할 뿐이지
아름다움은 근처에도 못가네
추억이여 청춘이여 모두가 아름답다
나는 가끔씩 들여다보며 다시 배우곤 했다
삶의 길잡이 초록순이 고와서

옥비녀 내 어머니

옥비녀 무명옷 내 어머니여
그때는 몰랐습니다
설빔이 촌스러워 생트집 부리던 날이
그립다가 멍이 되었습니다

섣달 나뭇가지에 앉은 까치
먼 기억나게 하는 아침
눈발이 어머니 그릴 화선지
마당에 살폿살폿 쌓이고 있습니다

딩동
아이들이 보낸 설빔인가
꾸러미로 택배가 왔습니다
너무도 달라진 세상
그때가 미안하여 그렁그렁
하늘에다 붓을 들어봅니다

설 대목 술렁일 때
가슴 뛰던 그 옛날이
그리운 것은
하얀 눈을 사그락
밟아보는 것도
더디 못가는 세월 잡고
옛얘기 하고 싶어 그랬습니다
"보고 싶어요"

오월의 회상

오월의 신부가
되고 싶었던
날이 있었습니다

하얀 면사포
드레스 움켜쥐고
사뿐사뿐
아카시아 꽃향기 속으로

턱시도 입은 그이와
기념 촬영 하고픈
날 있었습니다

키가 커서
발뒤꿈치를 곱게 들고
볼에다 살짝 입 맞추며
활짝 웃어주고픈
날이 있었습니다.

보기만 해도 가슴이
벅찬 당신이 있었습니다
그런데 아주 아주 먼
옛날이었습니다

꽈리

어릴 적
집 뒤꼍 장독대에
어머님이 심으신 꽈리

지금쯤 익어서
빨간 주홍 푸른색 등 켜고
대롱대롱 달려 있겠지

그 속에
잘디잔 씨알처럼
내 가슴에 가득 찬 인생 이야기
후련히 쏟아내며 불고 싶다

뽀드득 뽀드득
가을바람에 실어
어머님께도 전할까 싶다

어머님도
세월이 이렇게 이렇게
흘러가던가요 하고

파란 추억 하나

초록이 무성하게 너울대는
그늘 밑에 앉아
딱 한번 설렜던 그 사랑
하얀 백지 위에다
파란 물감으로만
그림 한 장 그려보고 싶다
빠알간 꽃잎을 그리려면
시들어 떨어지는 것도
그려야하기에
오늘만은 파래지고 싶다
짧은 시간 머무는 꽃보다
점점 무성해지는
파란 이파리가 더 좋아서

서풍아 남풍아

어느새 젖은 발 절룩거린다
선선한 바람 여름 모시 적삼 같은 것
몽롱한 꿈 비몽사몽 잃은 정신
일생에 한번 쯤 있을까한 그런 환희
조금은 어색하나 생의 한철 꽃이고 싶은 욕심
등 굽은 나무 세월 담장 넘기가 쉬울까
어설프게 피어있는 들꽃
어느 날 장대비 쏟아져
등 휘지나 않을지
불볕더위 새 옷 한 벌 장만한 것
구겨질까 조심조심 더듬더듬 걸어간다
여물어 숙성된 그 삶
흠집은 내 것이 아닌데.

산수유 꽃 피네

사랑하는 사람아
들이대는
그 어깨가 참 넓구나
바위도 깨고
산도 들고 가겠다

나는 새도 잡아주고
한겨울
홍시도 따주겠네
묵은 처마 제비집
올 봄엔
식구 몰고 오겠다

일찌감치 나와
길 막아선 산수유가
당부하네
아랫목 따스할 때
꽃피워 보라고.

벽화 그리기

동굴 속에 벽화를
그리는 여인은
홀연히 잊고 싶은 날에
남겨두고 싶은 일 있기 때문이라

풀어 놓으면 해진 마음
달래고 싶은 날에도
동굴 속에
그림을 보러갈 것이라 오래토록

우수수 낙엽지는
가을 어느 날
차를 타고 그 길 지날 때
희미한 그림 되어 있을지라도

기억에 지워지지 않도록
나는 동굴 속에
벽화를 그리기로 했다
심장이 멈추고 생이 흩어지는 날까지

이 좋은 봄날에

훨훨 날개 달았으면
이곳저곳 그리움 불러 모아
단단한 끈 매달아
행복한 사연 실어 날라 주고파라

강가에 홀연히 기다리는 그리움
복사꽃 사잇길 그리움
보리밭 둑길 순이 편지까지도
모두 실어 날랐으면

그 사연 다 실어 나르고 나면
해 지고 초생달 뜰 텐데
그러다가 내 그리움은
어디서 누가 실어다 줄는지

푸른 오월아

연못에 창포 잎이
여인의 맵시를 그리는 날이면
하나하나 엮어 길게 내린
아카시아 꽃잎 주머니 열어
새하얀 사연 읽어보고 싶어진다.
푸른 오월에
웃을 수 있는 그런 이야기

내 나이를 세어보아
웃을 수 있음을 부끄러워하지 않겠다
추억을 손에 잡고
향기 짙은 숲속을 걸으며
실눈 내리깔고
마음 푹 놓고 웃는다 해도
말릴 사람 없겠지

봄비

비가 내린다
긴 겨울 목마른 가슴앓이를 보았는가
조율하는 태동의 리듬소린가
자작자작 창문 밖에 들리는 소리

새순 틔우는 아름다운 탄생의
축복의 잔이 넘치는가
부풀어 만삭된 꽃망울
산고의 눈물샘 터트리는가
조르르 유리문을 타고 내린다

봄 문턱에 내리는 비
새순들에게 부어준 축배의 잔
하늘 문 열어 손뼉 쳐주니
한들한들 춤추며 다가오는
연둣빛 내 그리움

묵은 잎을 따주다가

화단 둘레를 어슬렁거리다가
튼실한 새 순
잘 커가는 가지 밑의 묵은 잎은
할머니가 되어 저승꽃 피었네
점박이 몇 잎
살짝 부딪쳤는데 주르르 떨어진다

새순 키우느라 목마름도
배고픔도 참았나 보다
불필요한 이파리 몇 잎
손질해 주었더니
시원하다며 팔랑거리는
저 철부지 새 이파리

할머니 묵은 이파리들
화분 안에 소복하게 내려앉아
원망도 푸념도 없다
할일 다 하고 뿌리 밑에 썩어서
거름되어 줄 생각만 하는 것 같아

어제 딸에게 삐친 생각
뿌리 밑에 묻으며 웃는다

오월의 산책길

하얀 찔레꽃이 수북하게
동산을 이루어 놓은
산책로 입구에
목청까지 시원하게 하는
라일락 향기가
상쾌한 기분으로 마중 나왔다

흙을 딛고 서 있는
줄참나무 가지와 손잡고
인사하는데
그 시원한 바람은 어찌
알고 날아와 반기는지
고마운 자연

세상이 이렇게
반갑기만 하면 누군들
다시 한 번 유년으로 돌아가
기분 좋은 인생
멋있는 삶
허리 부스러지도록
살아보고 싶지 않겠는가!

남자의 눈물

남자는 우는 줄 몰랐다
한잔 술에 허허 하는 헛웃음
다인 줄 알았는데
깊은 바위 속
여리고 연약한 물처럼
남자의 가슴에도
숨은 눈물이 흐르고 있다

강철 같고 사자 같고
넓은 평야 같고
부딪히는 바람막이
돌담 같은데
힘든 어떤 날에
펵 하면 졸졸 흘리는 여자의
가벼운 눈물보다
떨어지는 방울이 더 크다

3
행복을 추구하는 기도

여인의 기도

무명치마 쌀풀 먹여
사락사락 소리 내며
양손잡이 달린
사기 물동이 이고

뒷산 회나무 우물가에
내려놓고 마른 바가지
곱게 헹궈 물 푸는
여인이여

휘영청 보름달 보고
맑은 물 옹기에 담아놓고
소지종이 곱게 말아
하늘높이 올리며

수명장수 안가태평하면서
두 손 모아 비는 손바닥소리
싸아싹 싸아싹

높은 빌딩 예배당
팔공산 갓바위엔들
그 정성에 비할 손가

행복을 추구하는 기도

하루가 열리는 새벽이다
아파트 層층마다
이집 저집 주방과 거실에
분주한 하루를 여는 불이 켜지기 시작한다

주섬주섬 문 앞에 놓인
신문을 주워 들이며
밤사이 아무도 몰래 붙여놓은 광고지들.

힘들었을 그 누구의 손길을 보며
꿈과 희망은 누구에게나 있는 것
오늘 하루도 지치지 않게
모두에게 힘을 주소서

움츠리고 있는 듯하나
새봄을 위해 준비하는
나무들의 비밀을 탐구하는
지혜와 쉬지 않는
그들의 無限 노력도 보게 하소서

김이 모락모락 나는
커피 한잔을 들고
행복을 추구하는 기도를 드려봅니다
모든 이들을 위해.

귀농한 선비를 위하여

햇살 따가운 오후
곧 문지방으로 들어설 여름
자글자글 끓는 태양아래
과수원 열매들 조롱조롱한데
적과하는 농부 가슴 뛴다

싱그러운 초원 하늘구름아
자연에 목숨 걸고 가지치고
싸매고 엮어주는 마음 보았느냐

오뉴월 뙤약볕
그 작열 무릅쓰고
자식 사랑하듯 고이 품어 기른다

일렁이는 바람도 내리는 이슬도 도와주렴
여름 폭풍 이기고
잔가지 애벌레도 조심조심 건너가고

알알이 동글동글 익어서
하얀 봉지 대롱대롱 풍작 울리는 날
박사 귀농한 선비 부푼 가슴
감사기도 만종 울리는 기쁨으로.

무언의 증인들

말라붙었던 혈관에
붉은 맥박이 살아나
껍질을 벗고 뾰족이 내미는
저 이파리
찢기고 피 흘리신 참혹한
그날의 지문

골고다 언덕 여인의 눈물
언 땅 녹이는 산 개울의
풍금 치는 소리
생생하게 들리는 확실한 증명

활짝 하늘 문 열어
축복의 잔이
벚꽃 나비되어 훨훨
내려앉은
4월 새순들의 잔치가

화려하게 장식을 하고
만물의 대속 물로
고난당한 그날을
무언으로 증명하고 섰다

그대 오시는 날

겨울이 춥다고 우는 자여
가장 높은 곳에서
가장 낮은 곳으로
임하시는 그대 만나러 가자

지하철 역 웅크리고 있는 자도
밝은 등불 들고 오시는
길마중 가자
심정이 괴로운 자도 같이 가자

만세반석 열린 곳에는
허름한 자도 말 탄 자도
강남에 높은 빌딩 가진 자도
같을 것이라

세상 속을 흩날리며
서로서로 어깨 끼고
내려오는 수많은 눈발을 보라

부끄러운 것은 가려주고
더러운 것은 덮어주며
가장 낮은 곳에서
찬란한 세상을 만드는 것처럼

별빛을 보고 찾아간 동박 박사
말구유에 누우신
그를 본 것처럼
"마음이 가난한 자여 복이 있나니
천국이 저희 것임이라"
그 말씀 듣고 가자.

회복

해를 지으신 이도 그대이고
비를 지으신 이도 그대이다
오랜만에 베란다에 비치는 해
그대 오신 듯 반갑고 기쁘다

축 늘어진 나뭇가지
곳곳에 비 피해
찌푸린 농부 얼굴 웃음꽃 피라고
초록에 쌓인 열매
붉은색 연지곤지 찍고 있네

우중충한 날씨처럼
어설픈 금뱃지 달고
줄지어 들어가는 검은색 차림
갈아입힐 흰옷 없어 안타까운데

자연의 회복이야
해 비추면 되는 것을
괴로운 건 사람이다
물들면 지워지지 않으므로.

부활의 찬미

볼록 내미는 숨결 위로
떨리는 손으로 네 곁을
다가가 볼까
환희에 찬 내 가슴 정신을 잃겠다

이 오묘한 자연
섬세한 솜씨로 지으신 이름
노래해 볼까
연두 잎 희망의 음표 송송 조화롭다

마른 가지 움튼 눈
희망 꿈 싣고 왔네
노란 잎 따서 머리에 뿌려
춤추어 볼까

어여쁜 가지 들고 지휘봉
휘두르면 새순들 따라 노래하겠지
너무 곱고 예뻐서
부활의 당신이 생각났습니다

변함없는 당신 앞에

외식하고 돌아온 처녀처럼
이방인 틈 사이
비집고 달려온 탕자처럼
따사로운 당신의 사랑 앞에
무릎 꿇어 우는 날 있었습니다

변함없는 당신은 거기서
한결같이
그제나 어제나 오늘이나
빈손으로 돌아온다 해도
나무라지도 성내지도 않으신 당신

시시때때로 시뚝 빼뚝
삐치고 방황하며
외양간 뛰쳐나온 망아지처럼
이리 뛰고 저리 뛰고 마냥 기뻐 놀다가
해 저물어 돌아 와도 반기는 당신이여

변덕이 죽 끓듯 하는 고백을
들으시며 달래주는 그 사랑 앞에
한없이 우는 마음을 쓰다듬으시며
변하는 건 너라고 바로 너라고…
그래서 울고 또 우는 날 있었습니다

대림절에

화해와 용서를 배우게 하신 이여
늘 채워지지 않는 빈 가슴
당신의 뜨거운 심장이 내게로 와
데워진 채로 머물게 하소서

오늘 누가 나에게 좀 섭섭하게 할지라도
그동안 나에게 베풀어준 고마움을
생각나게 하소서
등지고 돌아서는 일 없도록

못 자국 그 손 보며
내가 먼저 손 내미는 자 되어
하늘엔 영광
땅엔 평화를 외치게 하소서

메시아 내가 사모하는 이여
그대 오신 날 가까워
보라색 촛불 켜고
스토커 비단 향을

하얀 융단에 말아들고 기다립니다.

* 대림절 : 성탄이 오기 4주 전의 주일에 시작하여 성탄절 저녁 기도 때에 끝나는 예수 탄생의 재림을 기다리는 시기를 이르는 말

고로쇠나무의 비경

지리산 오얏골은
부활의 의미를 알고 있었던가
인간의 죄를 씻어 주기 위한
예수님 형상을 만들고 있다

아무런 생각 없이
예수가 된 고로쇠나무
오른쪽과 왼쪽 허리에
칼에 찔려 피를 흘리고 섰다

죄의 슬픔을 말해주는
발목에 흰 붕대를 감고
기다리는 지리산 고로쇠나무
산안개는 내려와

주어도 주어도
깨닫지 못하는 인간들의
미련함을 말해주며
흐르다 메말라가는 그 눈물을 본다

비려진 물동이

수가城 부근 사마리아 우물가
금간 물동이 이고
지친 듯 걸어온 여인
무거운 어깨 지친 삶
두레박의 물 한 모금과 바꾸었네

퍼 올려도 퍼 올려도
해소되지 않는 갈증
우물가의 언약
영원히 목마르지 않을
그가 준 생명수 마시고

외치며 찬송하며
물동이 버린 채
진주보다 영롱한 보석을 안고 갔네

그런 사람 있기에

오래전부터 나를 아는 듯이
마음을 활짝 열어본 듯이
내 마음을 읽어주는 그런 사람 있기에

쓸쓸한 저녁 커피 한잔 마시며
그 이름 부르면 멀리서도 달려와
옆에 앉아 들어줄 것만 같은
낯설지 않는 그런 사람 있기에

어느 순간부터는 나보다 날
더 잘 알고 있다고 여겨져
내 마음을 다 풀어놓고
울어보기도 하는 날엔 다독다독
바람을 재워주는 그런 사람 있기에

삶의 고통이 가득한 날도
항상 사랑으로 덮어 주며
좋은 일 있는 날
기쁨이 배가 되는 그런 사람 있기에
내 마음이 항상 편하다

물의 조화

— 대금굴

빛과 어두움을 나누시던
첫째 날의 역사가
물소리 벼락 치듯 귓전을 울리며
웅장한 굴속에서 번쩍 뇌를 스친다

억만 년으로 빚어진 물의 신비
방울방울 떨어지며
다듬어진 종유석
자연의 신비 속에 함성을 질렀다

오묘한 그분의 솜씨
아름다운 이 대자연에 취한 하루
어찌 찬양하지 않으리
가을날의 높고 맑은 하늘을 보며

다시 오실 그날을 생각하니
우리를 위해 피 흘리신
가시면류관 속 그 눈물
오색찬란한 단풍잎 계곡 사이로
촉촉히 그려진 채로 흘러내린다

고난주간에 붙여

— 고백

종려나무 가지 들고
나귀 타는 예수여
예루살렘 입성으로 골고다 언덕
대속의 죄 물로 오르실 때
애타 목 메이는 여인에게 하신 말

날 위해 울지 말고
너희 자신과
가정을 위해 울라고 하신 주님
새벽기도 울음소리에
옷을 찢지 말고 마음을 찢으라 하셨나요.

내눈의 대들보는 보지 못하고
남의 눈에 티만 보는 저 빌라도의
무리 같은 나 부활의 주님
이 여명의 새벽에
보혈의 피로 말끔히 씻어주소서

냉정히 내 욕심만 추구해온 지난날
이 아침 고백하며 그 아픈
채찍의 고난도 이 마음 동참합니다
겟세마네 동산 승리의 주님을 생각하며

용서할 수 있는지요

고난의 채찍을 마다 않으시고
찢어진 발가락 사이 흐르는 피
자국 남기시며 걸으시던
골고다 언덕
여인들의 울음소리 들으시고

남기신 그 한마디
날 위해 울지 말고 자신을 위해
가정을 위해 울라 하신
귀에 익은 그 말씀
몸소 행하며 살았을까요

뭘 하며 어떻게 살았는지
다 아시는 임이시여
고백과 서원도 아시는 그대여
용서할 수 있는지요?
오직 핑계만 일삼아온 생애 말입니다

나는 가시나무 숲

억지나 쓰지 않았을까
마음속 가시를 세워
들어와 앉을 자리 없어
그냥 지나쳤을지도 모르는데

무성한 가시나무 숲
헛된 바람들로
당신이 쉴 자리는
암울한 가지만 흔들거렸을 뿐

채우지 못한 허기짐은
늘 슬픈 노래 불렀던가
나는 가시나무 숲
그대 문 밖에 서 있는 줄 모르고

* 2012년 3월 사순절 기간에

오해

거기 계셨나요
나를 안다고 하셨나요
모른다고만 하실 줄 알았습니다
손 내밀면 잡힐 듯
멀지 않은 곳에서
기다리고 있었다지요

악한 자의 화려함을
괴로워한 아삽의 시를 동요動搖한 내가
성전에 들어가서야
아픈 이유를
깨달은 내가 믿고 사니 예쁜가요

더 가까이 가까이서 두레박을
내려주세요
당신이 모르실 이 마음도
퍼 담아 드려보겠습니다
오~ 내가 사랑하게 된 임이시여

장군도 울더라

성경 시편을 읽어보면
그 용맹스러운 다윗 왕의
우는 소리가 들린다

나약한 사람만
흘리는 줄만 알았던 눈물
참회하는
장군의 가슴엔
눈물이 강 되어 흐르더라

세상 살다보면
울어보지 않은 사람 있던가
인생은 가끔
울어봐야 참된 길을 아는 것을

울고 난 뒤 그 상쾌함은
곧 용서받은 것처럼
전신을 푹 우려내었기 때문인가
그것은 곧
온유와 화평과 절제이더라

그 후로는

수많은 모래알 같은
그 속에서
나를 찾는다는 것을 안 후로는
고운 햇살 가득한 날에도
바람 불어 풍랑 이는 날에도

오직 그 불빛만이
푯대로 나는 가리라
내 앞에 가시는 당신을 보았기에

그리 멀지도 않는 인생길
은근히 시험도 당한 것 같지만
시험한 건 나였으리라
믿을 것이라
그 후로는
그렇게 안 후로는

그냥 좋아요

당신이 그냥 좋아요
예나 지금이나
내가 미워도 아직
외면 한 번 아니 하는 당신

살다보면 까닭 없이
서러운 날에
주저하지 않고 말할 수 있는
당신이 있어 좋아요

내 마음이 왜 이러냐고
숨김없이 말하면
그게 사람마음이라고 한
그런 당신이 그냥 좋아요

당신은 누구세요

이맘때만 되면 어김없이
꽃과 벌과 나비와 향기를
보내는 이
당신은 누구세요

살랑살랑 팔랑팔랑
춤추며 오고
산너울에 두둥실
구름까지 등에 태워
아지랑이 아롱아롱
함께 보내는 이
당신은 뉘신지요

맞이하는 마음
설레고 반갑고
곱고 예뻐서 생기가 납니다
고마운 당신은 뉘세요?

4
어울림의 노래

들꽃 이야기

너 먼저 나 먼저가 없구나
그래서 둥그런 이웃과
꼬불꼬불 골목도 함께 만들고

아침 일찍 깬
부스스한 민얼굴도 예쁘고
이슬로 세수한 그 얼굴도 예쁘다

등꽃 초롱꽃 있어
길 찾기 더욱 좋고
빗자루대로 길 쓸어 골목이 훤하다

즐거이 조잘대는 그 소리 들으면
행복의 씨앗
잠시 한 소쿠리 가득 따겠네

시월의 뜰은

시월의 뜰은 어진 하늘이다
다한 듯 부유한 듯
원숙한 삶에 모형을 그리고
애써 잡고 있던 푸른 들판의
누런 결실을
미련두지 말라 비워 주고
더 넓은 강 만들어
허수아비 빈 배 태워
사공 없던 돛 달아 흐뭇하다
다 주고도 기뻐하는
시월의 뜰
다시 새날을 계획하는
어진 하늘 여기에
계절은 어김없이 제자리 찾아
다시 돌아오는 것
풍성한 내일은 또 만들면 되니까

이미 와 있는 가을

곁에 와 있는 가을을 만지작거리며
나누는 이야기는

이렇게 풍요로운 날을 위해
바람 잘 날 없던 기억들이
생생하겠지만

수고로운 그 일상들이
화폭이 되어
펼쳐 놓아 보니 멋있어 좋다

더러는 흐린 날 눈물도
더러는 맑은 날 기쁨도
모두가 인내로 결실은 아름답다

와 있는 가을과 한마음으로
이야기 나눌 수 있어
오늘 차암 행복하다

다 거두어들여 배부른 모습
아까울 것 없겠지
우리들 이야기가 행복하면 되는 것을

8월 매미

그대 나의 창문 왜 두드리나요
무슨 소식 가져왔기에 이른 새벽
방문하셨나이까

맴맴 그 소리 옛적에도 들었지만
오늘은 아름다운 멜로디는 아닌 듯 싶소
8월 장맛비 날개 적셔 힘 드는데

짧은 생애 하소연 난들 어쩌리까
인생도 마찬 가지라오
길 것 같았는데 어느새 반백이 넘었소

소뿔도 벤다는 8월 늦더위
당신과 나 오늘 첨벙첨벙 계곡이나 가서
신나게 장단 맞추어
나 발장난 칠 때

아름다운 곡조 하나 만들어 보실라우
이 우주 속에서는 똑같은 생명

同舟相救동주상구
그래서 그냥 웃기만 하다 오세나

* 2010년 8월 성암산 매미 시끄럽게 우는 새벽

여름 소나기

참지 못할 일 있는 걸까
저 광란의 빗줄기
갑자기 먹구름 오더니
베란다에서 보이는 키 큰 아카시아
뿌리째 뽑힐까 무섭다

갈지자로 긋고 있는 유리문에
동이로 내리붓고 있으니
무슨 소리하는지
알아듣질 못하는 괴성을 지르며
무자비 쏟아 부으니 달랠 수도 없고
화가 잔뜩 나서 퍼붓는 욕설 같다

하늘과 해가 달래었을까
흔들어대던 나뭇잎이 말짱하게
더 곱게 반짝이며 웃고 있네
싱겁기는 하다마는
어쨌든 답답했던
그 마음 속 시원한가 본데
구경하는 이 마음도 시원하다

뱁새

발가벗은 나무 위에서
파란 하늘 구름
아름다움에 취해
넋을 잃고 바라보다
문득 가녀린 가지에
자신이 흔들리고 있음이 두려워
얽힌 듯 뻗은 세상 가지
잠시 침묵하고 싶어진다.
타래실같이 긴 줄 속에
엮어진 인연들
황새들의 걸음걸이 따라 걷다
가랭이 째질까
티 없이 하얗게
내리는 눈발 속으로 가만가만 걷는다

어울림의 노래

코스모스와 가을 강가에서
이야기를 나눈다면
차분한 마음으로 위로를 받을 것 같아요
위선과 가식이 하나도 없는 순수

한들거리는 그 몸짓은
가녀린 여인 허리
바람 불어 곧 꺾일 것 같지만
제자리에 버티고 서있는 힘센 장사 같아요.

광장에 낯모르는 사람들처럼
웅성거리는 것 같지만
늘 웃는 그 얼굴로 어우러져 사는
좋은 이웃들

넓적한 큰 쟁반에
노란 떡 담아 집집마다 나누는
동네 부인회 회장
모여서 수다 떨다 하하거리는 것 같은

나도 오늘 여기 어울려
그리울 것 없는 동네 이장 되어
확성기 소리 높여 "알려드립니다"
"내일은 우리 마을에 열린 음악회 합니다"라고 하는

* 어느 날 강가에 하늘거리는 코스모스를 보고

해질녘 걷는 가을 강은

서늘해서 윗도리를
하나 더 걸치고 걸어보는 가을 강
허전함도 외로움도 없는
잔잔한 미소만 지을 뿐이네

다 비운 들판을 보며
한가로이 노 젓는 사공 따라
철새 몇 마리 후 하며
금빛 방울 하늘색에 수놓는다

한여름 뙤약볕을 이긴 갈대가
바스락 팔짱을 끼는 가을 강가
노을이 입힌 수박색 치마에
붉은색 저고리가 참 곱다

저묾이 빚어놓은 저 맵시는
흡사 어느 날 그렁거리며
염원하는 내 삶을 그린 듯
아련한 풍경 속으로 빠져들게 한다

11월의 풍경

창문이 덜컹덜컹
노크하는 소리에 빼꼼히
내다봤더니 네댓 잎 남은
나뭇잎이
고별의 춤을 추고 있다

그 풍성한 육체는
어느새 발가벗고 야윈 채로
싸늘한 바람에 움츠리고
남은 나뭇잎만 팔랑거리며
바람의 연주에 발맞추고 있네

모두가 잠시 잠깐이다
세월처럼 덧없을까
잡을 수도 없는 것을
달랑거리는 몇 개의 나뭇잎
내 나이처럼 위태롭다

소수서원의 가을

소백산 가는 길 백운동 서원에
어느새
가녀린 코스모스가
하늘하늘
찾아오는 손님 반기고

옥수수 수염은 축 늘어져 있고
수숫대는 불룩하니
만삭의 자태를 뽐낸다

하늘은 온통 회색 바탕인데
틈틈이 엷은 흰 구름
멍석자리 펴놓은 듯 정다운데

차창 문 사이로
스산한 바람에 눈 감으니
무명베 누른 적삼
내 어머니가 보인다

가을비

추적추적 내리는 가을비
어디서 누가 기다릴 것만 같아
가슴에 초연한 편지 한 장
적어 보내고 싶다

흥건히 적시는 대지는
그 작열하던 태양을 잊었는가
계절의 순응으로
또 한껏 취하고 있네

이 비 그치고 나면
싸늘히 계절은
그분의 멋진 수채화로
고운 물 들겠지

또르르 흐르는 빗방울에
말끔히 씻은 풀잎
물들기 전
곱게 적어본 그 사연 띄울까?

9월

연초록 넝쿨치마
반허리 걸치고서
분홍빛 푸른 끝동
고운 빛 엇그젠데
어느 새
빨간 능금 볼
임 보셨나 수줍다

계절의 뒷모습

가을비 촉촉이 내리는
반석마을 뒷산
오색 물든 나뭇잎
어제 잠시 흔들대는
짓궂은 바람으로 한데 모였다

각자 다른 모양으로
만났어도 살아온 모습들은
다 닮았네
어제 바삭대다 오늘 부드러움은
가을비에 젖은 어깨
이 풍진 세상 같이 겪었다는 건가

예쁜 옷도 예쁜 무늬도
상처난 자국 몇 개씩은
다 들고 나왔네

떡갈나무 느티나무 단풍나무
멋쟁이들 모여 앉아
주저리주저리
삶은 거기가 거기더라고

탄금대를 걸으며

여기가 악성樂聖 우륵 선생이
가야금 탄주하며 가락을 연마하던 곳이구나
그대들 여기를 걸어보라
기암절벽 송림이 우거져 남한강이 한 폭의 수놓아
아름다운 경치를 자랑하고 있는 이곳
가야금의 미묘한 소리와
임진왜란 당시의 팔천고혼 처절한 피 튀기는 소리
'열두대'란 바위에 신립장군의 우렁찬 목소리도 들린다
며칠 전 남해대교 밑을 걸을 때 세워둔 거북선에서
들었던 그 목소리와 다를 바 없네
이 아름다운 경관에 잊지 말아야 할 역사가 흐르고
이름 모를 철새와 갈대가
그 흔적을 길이길이 물위에 적고 있네
멈춘 듯 멈추지 않은 남한 강
우리가 살아 보지 못한 먼 세월을 보고
더 늦게 펼쳐질 여백을 따라
저만치서 오는 봄을 기다리고 있었네

* 2013년 2월 충주 탄금대를 구경하고..

* 열두대 : 신립 장군이 열두 번 오르락내리락 하며 훈련했다는 바위

방아섬

동네 이름이 술상이라 그런지
놋그릇에 봉곳이 퍼놓은 고봉밥 같았다
큰 대접에 물 한 사발 담겨 있는 듯
파도는 간데없고 물살도
입 다문 여인처럼 조용하다

간간히 통통배 소식 들고 오가고
하얀 굴껍질 모래 위에 멋을 내고
다문다문 걷는 발길
섬 한 바퀴 돌고 와도 배고프지 않아 좋더라

곳곳에 아름다운 이 풍광들
어찌 그분 솜씨 감탄하지 않으리
세속에 많은 군중들 생각하며
동산을 거니시던 그 말씀 생각나던 날

그리운 님 소리쳐 불러보는데
듣는 이 없어 좋더라
듣는 이 오직
내 마음 아실 이 그분뿐이었으리

비슬산

꽃 대문 활짝 열어놓은 4월
잔치판 벌여서 꽹과리라도 칠거나
두견전병 안주삼아
젓가락 장단이라도 맞추어 볼까나

화들짝 불붙은 비슬산
춤꾼술꾼 다 불러 모아
사람사태 일어나면 펄럭펄럭
옛 시조 한가락 꽃가지에 걸겠지

그리하다 화우 죽죽 내리는 날
선남선녀 달콤한 사랑노래
흥건히 젖을 비슬산
축복의 메시지 메아리로 들려주려나

난 설헌 강릉 집

까마귀 까아깍 울길레
슬픈 일 있나 싶더니
초당마을 생가에 들어서니
문학마을 어른들 경배 드리고 있었네

섬섬옥수 벽에 걸린 고운 글
취해 읽고 있노라니
솔 가지 새 한 마리
한댕거리는 잎사귀 곡예 춤사위 하고

어둑발이 내릴 즈음에
타사락 타사락 가랑잎 뚝뚝
눈물 떨구고 내려앉은 듯도 하여
슬픈 일 기쁜 일 님의 마음 알 듯도 하더라

채석강彩石江에서

더미로 쌓아 놓은 책갈피다
기묘한 형상을 한 바위
잔잔한 물결이 오가며
소설을 읽고 있는 것만 같다

저 많은 책에 적힌 세상 이야기
다 읽어 보았을까
고운 사연 슬픈 사연
많은 이야기들이 들어 있겠지

찾는 이마다 적어 두고 싶은
그렇고 그런 마음들

나도 임과 같이 손잡고 걸었던
연푸른 책 한 권
여기다 끼워 두고 갈까

석양에 물든 발그레한
이파리와 찰싹거리는 물결이

사는 게 다
한 권의 묶은 책이라며
방글거리며 웃어 주었다

* 2012년 5월 변산반도 새만금 갯벌을 방재로 쌓아 길을 만든 놀라운 우리민족의 장한 기술과 정신을 보며 후손 대대로 물려 줄 귀한 땅을 만들어 놓은 것을 보고 위정자(爲政者)들을 새로운 눈으로 보고 찬사를 보냈다.
또 '마실길'이라는 둘레길을 걷다가 채석강에서 기묘한 바위를 보고 떠오르는 생각을 적어본 글이다.

가을 나들이

밀양 월연정月淵亭에는
돌담 아래로 작은 오솔길이
꼬불꼬불 강을 잡고
호젓이 앞장서서 걷고 있더라

나도 가을이 깔아 놓은
갈잎 융단 밟으며 따라 걷다가
밀양아리랑이
생각나서 소리 내어 불렀다

강은 나를 보고 웃고
나는 강을 보고 웃었다
거기 세월을 못이긴
노쇠한 백송도 아마 웃었으리라

그러나 기울어가는
늦은 가을은 웃지도 않고
낙엽 띄운 물살 재촉하여
휘영휘영 노을 따라 자꾸만 가더라

시월의 남이섬

연인의 품속 같다고 할까
아늑하고 포근하여라
고요 숲
새들의 나라 호수길 따라
바람에 몸을 맡긴 코스모스 여인
추억의 연서 그 긴 이야기 들린다

무릉도원 그 누가 말했던가
하늘아래 바로 여길까
꾸밈없는 자연숲 맑은 물 호숫가
억새꽃 따라 길 안내로
한나절 걸어도 피곤치 않겠네

메타세쿼이아라는
저 키 큰 나무 따라
은행나무 줄 서서
열매 달고 사랑하고
그 속에
연인들 웃음소리 함박꽃일세

삼천포대교

가을 강을 노래한 시인의 마음이 된다
그리움 같은 노을이 발갛게 물들어 있고
동동 떠 있는 섬 몇 개 외엔
모두가 바다다
성난 파도 소리 들리지 않고
마주쳐 줄 바위도 없다
잔잔한 물결만 남실거린다
저 바다 속
무한한 나눔의 배려 창조의 신비
닮아 갈 수 없는 인간의 한계
비좁은 이 마음 구석구석 씻어 내고 싶다
가까스로 보이는 삼천포대교
저 우람한 자태
줄지어가는 차량들의 행렬
우직한 아버지 등에 업혀 등교하는 모습이다

우포늪의 가을

둥실둥실 물 위에
떠 있는 잎
덕지덕지 엉키고 엉킨 뿌리
위선이라고는 없는 듯하여
마음 속 묶어진 매듭
다 풀어 놓고 싶다
갈대잎 서걱이는 소리는
젊은 날의 회상인가
부대끼는 소리 힘차다

세속에 물들지 않고
품안에 다 안은 듯
모나지 않는 곳
그 안에 금빛 은근히
곱게도 물들었다
사계절 소근대는 물새들의
사랑 노니는 여기에
오늘 나도 그대 손잡고
산 넘는 노을 닮아 붉게 타고 싶다

칠보산 산책길

일곱 가지 보물이 있다 하여
지은 이름 칠보산
사계절이 바뀌고 있어도
푸름만을 지키는 보물 같은 소나무길

천년이 가도 변하지 않을 것 같은
믿음 뿌리 깊이 박고
열두 번 흔들어 봐도
꼼짝도 않는
곧은 절개 배신이란 없겠더라

낙엽송 소복한 길
묵객 지나간 흔적 물길 따라
돌옷 입은 늙은 바위
여기저기 모여 앉아
하늘말씀 듣고 있는 듯도 하고

이별을 등 뒤에 업고 오는
그런 만남이 아닌

늘 초록이 숨 쉬고 있는 가슴과
가만가만 ~
걸어보고 싶은 수행의 숲길이더라.

* 돌옷 : 바위에 돋아난 버섯 종류
* 2013년 1월 영덕 칠보산을 보고 와서

山寺에는

근심이라고는 하나도 없는 나무들이
성큼성큼 걸어 나와 손을 잡고
맑은 물이 노래하는 그늘로 먼지 없는
흙 자리 펴고 쉬다 가라더라

투명한 옹달샘 무심코 들여다보니
죄 없는 척 그리한들
다 안다는 듯 반긴다
투기도 없어라 시기도 없어라
잔잔하기만 하더라

범종사 종소리 세상 잊으라는 듯
요란하지도 시끄럽지도 않게
은은한 그 음률 가슴속 파고들더라
그 어느 날 미사 때 들은 소리
다를 바 없더라

자인단오

바람이 어슬렁어슬렁
성암산을 돌다가
진못 연잎 위로 지긋이 눈웃음치더니

청포 물에 머리 빗고
옥색치마 팔랑이며 그네 뛰는 처자 댕기
슬쩍 당겨본다

가무에 정신없던 계정숲 한 장군이
짓궂은 바람의 장난을
호되게 야단치니

두견전병 안주에 꽃잔치하는
선비들의 웃음소리 뒤로
슬그머니 나래 접어 앉은 뒤

푸르른 새순 나뭇잎 사이로
태극무늬 범나비 한 쌍이
천중가절天中佳節의 꽃빛 하늘에 나풀거린다.

수성못의 잔상

어스름 보름달 물위에 아련하고
어느 겨울 그 해
가슴에 맴도는 밀어가
가까스로 물위에
백조 한 마리 되어 맴돌더니
저만치 멀어져간다

그것도 사랑이라고 그리움 되어
가슴 속 자리 잡았나
저 건너 맞은편 가로등
희미한 추억하나
만남과 이별의 노래
훗날 간간히 꺼내어 부를 여운
물위 부챗살로 밀려간다

보문호수에서

물결이 부챗살로 밀려와
봄이 온다는구나
벚꽃 망울은 아직은 추워요
말하지만 가슴이 뛰네

약속이라도 한 듯이
반겨줄 사랑이라도 있는 듯이
마음이 풍요롭고 기쁨이 가득하다

새봄 아름다운 꽃
그 고운 이파리
내 젊은 시절과 같아서
거기다 별꽃 따다줄 님 올 것 같은데

토함산 긴 자락 적신 눈은
성급한 여인 호숫가에 던진 웃음
그 은근한 모습에 넋 잃었는가
침 질질 흘러내린다

으아리꽃

소박하고 아름답다
순백의 맑은 눈
여인의 자태를 가득 담았구나
가는 줄기 버티기도 힘들 텐데
그리움이 있었나
초록 실 뱅글뱅글
기다림의 세월만큼 뭉쳐
큰 집을 짓고 있네

큰누나처럼
엄전嚴全한 저 꽃잎도
한순간 자지러지게 사랑한
감춰둔 비밀
나처럼 털어 날리지 못하고
넓은 꽃잎 뒤에 숨겨두고
뜨거운 한나절
가물가물 혼절한 듯 지키고 있네
사랑한 게 뭐 그리 죄라구….

연꽃을 보며

나비되어 훨훨 날아서 앉아볼까
겹겹이 싸잡아
오목오목 입 다무린 봉오리 위에
채운 듯했지만 싸르륵 피어난 뒤
열어보니 속은 비었더라
결국 비우면 더 고운 것을 알았나

발은 진흙탕 물에 섰는데
꽃잎은 어찌 이리 예쁠까
청렴하고 고운 자태
세상이 아무리 험타 해도
물 들리지 않는다는 말일까

얼비친 명주 적삼 입은 색시
도란도란 모여 도령님 기다리나
한여름 물그림자 맴도는데
수련한 꽃잎 뙤약볕 그을릴까 두렵다

* 2008년 7월 18일 경주 안압지에서

자목련

진자줏빛 비로드
저고리 앞섶에 살짝
금빛 브로치 꼽고
세상에 잔정 많아
서둘러 치장하고
봄 마중 나온 마님

지체 높고 우아한 자태지만
어느 명문가
홀로된 마님같이
실바람만 건듯 스쳐도
금세 눈물이 앞을 가려
하르르 꽃잎부터 떨구는데

함부로 범접하기
황송하다 해도
화사한 소문은 예부터 있더라!

제비꽃

귀 밝은 제비꽃
봄 오는 소리 듣고
얼른 뛰어 나왔구나
기다리는 사람 있는 것처럼

오지 않을 사람
기다려본 적 있었더냐
그러면 알겠구나
얼마나 지루한 지를

겨울 한 철 침묵
어느 누가 못 할까만
기약 없는 기다림
너라면 어쩔 건지 묻고 싶다

봉숭아꽃

우리 언니 같은 순이 얼굴 같은
봉숭아꽃
장독 뒤 조그마한
꽃밭에서 피었었지

도란도란 별빛 가득
우리들 어린 이야기
아파트 초입에도 피었네

그 빨간빛 하도 예뻐
그 빨간빛 하도 서러워
오며 가며 언니 보듯
고향 보듯 자꾸 봅니다

오늘 저녁 이슬 내릴 적
방울방울 고운 소식 주렵니까
손가락마다 무명실 매어 주던
그 정이 그립다고

원추리꽃

산모퉁이 돌다 보면
멀건이 긴 목줄 내밀고
기다리는 이 있는 듯
확성기 모양 입 내밀고
무슨 얘기 하려는 건지
망부석의 흰옷 입은 아낙은 아닌데
어쩐지 눈물 자국이
감색 저고리에 얼룩질 것 같은
쓸쓸함이 눈길을 잡더라

무슨 사연이라도
묻기도 전에
흔들흔들 고개 젖고 있으니
다가갈 수도 없고
그냥 지나쳐 왔지만
여름 내내 산기슭 그곳에
자리 떠나지 않을 심사
一片丹心
기다릴 약속 있나 싶어
돌아오는 길 뒤돌아보고 또 보았다

노루귀꽃

순서 없이 기울어진
나뭇잎 사이로
쉴새없이 밀어내는
세월의 바람 속에 하얀 옷을 입고
깊은 잠을 자고 있는 땅 위로

고개 쏙 내밀어
누굴 기다리고 있는지
무슨 사연 있기에
모진 추위 상관 않고 나와 섰느냐

무겁게 내려앉은 하늘
얼룩진 구름 거느리고
서릿발로 다가선 땅 위에

혹시나
부질없는 속앓이로
가슴 저미는
그리움이라도 있는지

해동하면 찾아오마던
임의 약속 있었나
시샘바람 불어와 상처날까 무섭다

싸리꽃

오밀조밀 뺑긋이 자주색 꽃 고와라
큰 나무 뿌리 곁에
겸손함이 참 예쁘다

그늘에서도 싱싱하니
투쟁 없어 보이네
새소리 물소리 청정함을 배웠나
시기 질투 없어라
이런들 저런들 바람 부는 대로
한들한들 부비며 사는 이웃같이

사사로운 것까지도
보듬을 줄 아는 조잘조잘
수다 떠는 여인네들 웃음 같은 꽃

개망초꽃

하얀 쟁반에
노란 계란 떡을 담았구나
푸른 치마 입고 앞장서서
마을을 지켰느냐

유월의 그 넓은 들을
하얗게 군락을 이룬 것은
외로움을 나누는 푸념의 장소
소복 입은 미망의 모임인가

애닯다 말없이
침묵을 지키는 민중의 꽃 개망초
유월 마당 지천으로 널려 있네
힘을 합쳐 승리한 것처럼

해설

영혼의 맑고 밝은 소리

이 성 교

시인, 성신여대 명예교수

1. 아름다운 꿈 그 실현을 위해

사람은 누구나 첫출발이 중요하다. 무엇을 생각하고 가느냐가 그 사람의 운명을 좌우한다. 그래서 인생의 결과를 잘된 나무에 비유하여 잘된 나무는 떡잎부터 알아본다가 바로 그것이다.

한편 아무리 좋은 생각을 가지고 출발했다고 하더라도 그것은 그 사람의 노력에 따라 달라진다. 그것의 교훈적인 좋은 시가 김용호 씨의 「고민의 싹」이라는 시다.

"이상은 아름다운 꽃다발을 가득 실은 / 쌍두마차였습니다 / 현실은 갈가리 찢어진 깡승의 만가였습니다 // 아아, 내 청춘은 / 이 두 바위틈에 난 / 고민의 싹이었습니다."

모두 잘 살아보겠다고 애써 땀 흘리며 살아가는 그 과정이 쉽지 않다. 언제나 이상과 현실은 대치되는 것이다.

모든 사업도 그렇지만 더구나 영혼을 앞세운 정신분야에 있어서는 항상 그 이상은 하늘에 걸린 노을과 같은 것이다. 그럼에도 온갖 생각을 거기에 쏟아 사랑을 추구하는 것처럼 산다는 것이 얼마나 아름다운 일이냐.

꿈의 추구자 수현 허정자 시인은 그 첫출발이 달랐다. 그가 태어난 고향 앞바다 영일만에 떠오르는 아침 해를 보고 그의 이상을 키웠던 것이다. 그것이 어릴 때부터 그의 머릿속에 가득 찬 문학이었다. 그 문학 속에는 원칙적으로 숱한 인생살이가 그려져 있어서 때로는 울기도 하고 웃기도 하여 많은 위안을 받았다.

그의 고향은 동쪽에 큰 바다를 그림처럼 두고 바람에 묻어오는 소금기를 맡으며 영일군 농촌에서 흙냄새와 풀냄새를 맡으며 살았다. 그래서 그의 의식 속에는 바다와 산이 있는 자연의 큰 품속에서 살았던 것이다.

파란 물결 위에 연록색 배 한 척
띄워놓고 그려본다

내 고향 영일만 형산강에

부챗살 물결 위로
다리 건너오시는 어머니 그림자
찔레꽃 하얀 잎 마중 나와 웃고

친구들의 함박꽃 같은 웃음소리
귀에 쟁쟁 가슴 설렌다
모두들 잘 지내는지

출렁대며 어른거리는
수많은 그리움들이
석양에 물들어 곱고 아름답다

잉어도 황어도 함께 놀던
그 강은 영원한데
사랑했던 님들은
세월 속에 점점 잊혀져가니 서럽네

—「내 고향 형산강」 전문

햇빛 따사로운 산언저리
그 참나무 아직도 그대로 섰네
아련한 추억 속 일기장 같구나
둥근 마을 뒷산에는
대나무가 울이 되고
앞산에는 참나무가 울이 되어 경인년 육이오
그해 방패 되어 주었는데
마을 어귀 당수 나무 내 자란 이곳에

선비처럼 서 있네만
쓸쓸한 흔적만 가득하구나
지나가는 사람 다 낯설고
배나무 골 순애네 집은
텃밭밖엔 볼 수 없지만
함께 놀던 향나무 우물가
겹겹이 쌓인 추억
싸릿문 열면 논둑에
가득한 아침 이슬이 은구슬로 반짝였지
저녁 달빛에 개구리 합창 어딜 가고
게 지은 낯선 저 집엔 누가 살까
보고 싶은 사람 많은데
타동 사람이 동네 주인 되었구나
차만 오면 달려 나와 서있던 바보 만도는
아직 건강하게 길조심하며 뛰어가고
울창한 숲 노인정 되어
이희복 시비 보기 좋게 마을 지키는 모습 고맙구나
골짜기 물소리 들으며
내가 뛰어놀았던
앞마당 기념으로 찍었지만
맨드라미 봉숭아
우리 엄마 닮은 목단꽃은 보이지 않더라

–「내 고향 댁골」 전문

이 두 시에서 보는 고향의 풍경–아름다움을 넘어서 눈물겹기만 하다.

첫 번째 시 '파란 물결 위에 연록색 배 한 척 띄워놓고'의

상상의 비유부터 특출나다. 2연 '부챗살 물결 위로 / 다리 건너오시는 어머니'도 뛰어난 상상의 표현이다.

전체적으로는 '형산강'을 그렸는데 거기에서는 사랑을 조시던 어머니와 친구들의 함박꽃 같은 웃음소리가 더 큰 비중을 차지하고 있다.

두 번째 시 「내 고향 댁골」도 같은 고향 그리움(향수)의 시다. 여기에서는 비교적 고향마을 댁골의 생김새와 역사와 추억의 이야기가 세세히 그려져 있다. '댁골'을 그림에 있어 '아련한 추억 속 일기장 같구나' '싸릿문 열면 논둑에 / 가득한 아침 이슬이 은구슬로 반짝였지' '맨드라미 봉숭아 / 우리 엄마 닮은 목단꽃은 보이지 않더라'의 대목은 더욱 눈물을 자아내게 한다.

이 시에서 더욱 감회가 큰 것은 친구 시인 이희복 시비가 세워져 있어 더욱 가슴을 환하게 했다는 것이다. 아름다운 자연환경 속에서 누구보다도 이상이 컸던 허정자 시인은 출가하기 전까지 이곳에서 살았다.

그가 나중 큰도시 대구로 진출해 좋은 가정을 이룸과 동시 2004년 ≪한맥문학≫을 통해 시인으로 정식 데뷔했다. 이제 그 옛날 가졌던 꿈이 현실로 이루어졌다.

2. 지나온 세월에서 꽃피운 시

역사는 분명히 현재, 과거, 미래의 과정에서 이루어진다. 과거는 현재의 근원지다. 그 속에서 인생살이의 싹이 터서 현재로 자라 미래에 큰 열매를 맺는다.

허정자 시인은 일찍이 큰 꿈을 안고 주어진 생활에서 온갖 경험을 쌓고 살아왔다. 그래서 큰 꿈을 안고 까닭에 살아온 굽이굽이에 이야기가 많다. 기쁨도 슬픔도 노여움도 놀람도 그의 인생살이 갈피에 아로새겨져 나중 시로 피어났던 것이다.

꿈같은 세월 어느덧
그렇게 흘렀나요
무엇이 어떻게 지나갔는지도

모르게 훌쩍
시끌벅적 아침 밥상
달음질치듯 달아난 뒤
창문 열고 호젓이 하늘 보며
웃음짓던 그날이여

행복이 바로 그것임에도
더 큰 행복이
기다릴 줄만 알았던 꿈이여

더듬어 보면 지난날
다 축복인데 서러운 건 무언지
꽃봉오리 같은 그 청춘이야
바라지 않건마는

보고 싶소 사랑하오 그리워요
말하면 무어라 대답할까
거울 쥐고 가슴 콱 막혀
한 방울 눈물 뚝 떨어진다

—「반추」 전문

남자는 우는 줄 몰랐다
한잔 술에 허허 하는 헛웃음
다인 줄 알았는데
깊은 바위 속
여리고 연약한 물처럼
남자의 가슴에도
숨은 눈물이 흐르고 있다

강철 같고 사자 같고
넓은 평야 같고
부딪히는 바람막이
돌담 같은데
힘든 어떤 날에
퍽 하면 졸졸 흘리는 여자의
가벼운 눈물보다
떨어지는 방울이 더 크다

—「남자의 눈물」 전문

이 두 작품 다 재미있다. 그 이야기에서 미소를 자아내기도 한다. 그러면서 거기에 진심이 깔려져 있어서 감동이 크다.

「반추」에서 '시끌벅적 아침 밥상 / 달음질치듯 달아난 뒤 / 창문 열고 호젓이 하늘 보며 / 웃음 짓던 그날이여'에서는 그리운 얼굴을 그렸고, 「남자의 눈물」에서는 그 강한 남자의 심정에서도 눈물이 난다는 것을 노래했다. 모두가 인생을 진하게 살아온 역정에서 얻어진 시다.

이 외에도 「앞치마를 입고」 「세월의 수다」 「팔푼이 아침」 「미안한 하루」 「간 큰 시어머니」 「길 위에서」 「오카리나를 부는 할머니」 등에서도 과거 인생살이를 많이 떠올렸다.

그런가 하면 지금의 고요한 심정을 노래한 작품도 많다. 첩첩산중 긴 산굽이를 돌아와 유유자적하게 사는 모습도 잘 보여주고 있다.

> 고요 속 새근거리는 숨소리
> 오선지 그려대는 바람에
> 초저녁잠에 쓰러졌던 나의 눈은
> 어두움 속에 화폭을 하나 발견하여
> 펼쳐 들고 웃는다
>
> 지그재그로 누운 누드화처럼
> 발도 입고 마주대고
> 아프리카 밀림인가

태초의 창작을 다시 보는 느낌
참 재미있어 눈 비비며 또 웃는다

다시 끌어 당겨 질서 정돈해 보지만
금방 흐트러지는 그 모습들
그분이 지으신 그 솜씨
자꾸 자꾸 보아도 신기하고 예쁘다

장난치듯 보낸 시간
어느새 문틈 사이 밝은 빛 들어와
소리 없이 깨운 부스스한 얼굴들
어찌 그리 예쁜지
쏟아 붓는 아침 해처럼
행복 또한 쏟아져라 빌어본다

— 「고요속의 행복」 전문

이 시에서는 어린 손자들 뒤엉켜 자는 모습을 보고 행복을 느꼈다고 했다. 2연 '지그재그로 누운 누드화처럼 / 발도 입고 마주대고 / 아프리카 밀림인가 / 태초의 창작을 다시 보는 느낌'과 4연 끝에 '어찌 그리 예쁜지 / 쏟아 붓는 아침 해처럼 / 행복 또한 쏟아져라 빌어본다'고 흐뭇한 심정을 노래했다.

그 다음 「가을 여인」에서도 행복한 날을 잘 노래했다. 동백아가씨 노래를 부르고 싶은 심정, 부럽지 않을 만큼 사랑한다는 말을 듣고 싶은 그 마음이 잘 노정되어 있다. 또 같은 성격의 시 「내 마음속 항아리」에서도 자연이 숨 쉬고 있는 토속적인 향기를 풍기는 항아리가 있는 집에서 여유 있게 살고 싶음을 노래했다.

이러한 생활을 노래한 시로는 「가지 위에 빨간 마음」 「들새의 푸념」 「벽화 그리기」 「사랑아」 등이 있는데 생활 속에 행복을 쏟고 사는 모습이 아주 밝게 그려져 있다.

여기에서는 오랜 인생살이에서 얻어진 교훈도 많다. 그것이 시로 잘 승화되고 있다. 지난날 생활에서 피운 꽃이 더없이 다가와 눈물을 자아내게 한다. 그래서 그날에 눈물 흘렸던 일도 한숨짓던 일도 다 아름다운 것이다. 옛날 그 일(과거)이 오늘의 역사를 가져왔기 때문이다.

드렁드렁 활기찬 삶의 리듬
소파에서 잠든 아들 코고는 소리
참 많이 닮았다
40대의 한창인 남편
한잔 마시고 들어와 자신 있게
들려주던 멜로디인데

그땐 그렇게 미운소리
아들이 들려주니
고향 마을 초등학교 풍금소리 같다
이방 저방
다리 쭉쭉 펴고 자는 손자들
잠자는 모습 고와서일까

살금살금 며느리 잠 깰까
노트북 들고 나와 먼 산 아지랑이
벚꽃 필 때를 생각하며
그리움 아닌 유명한 코골이
그 추억 생각나서 웃는다

— 「추억의 소야곡」 전문

에서는 그 옛날 남편이 한잔 마시고 들어와 자신 있게 불러주던 노래 「추억의 소야곡」을 생각해서 임을 그리워했다.

또 같은 성격의 작품 「파란 추억 하나」는 무성한 잎이 너울대는 나무 밑에서 그 사람 생각하고 딱 한번 가슴 설렜던 사랑을 회상한 시가 재미있다.

흘러간 옛날을 그린 시가 이번 시집에 유난히 많았다. 다 들 수는 없지만 아이들을 키울 때를 생각하고 쓴 시 「배냇저고리」, 돌아난 남편을 생각하고 쓴 시 「잠언」 「늘 생각나는 사람이 있다는 것은」 「술이 부른 훌라춤」, 어머니를 그리워하며 쓴 시 「사죄」 「옥비녀 내 어머니」 「어머님의 손」 등은 직감적으로 쓴 시여서 눈물을 솟게 한다.

3. 영혼의 맑고 밝은 소리

그의 시에서 유독 맑은 시를 볼 수 있음은 신앙 때문이다. 모든 삶을 하나님 중심으로 살기로 했기 때문에 그 사는 모습이 밝다. 그의 생활에 있어 후미진 곳에서도 늘 훈풍이 불었던 것이다.

항상 긍정적이고 감사한 마음으로 살기를 원했다. 그의 생활시 여러 편을 보더라도 그것이 잘 나타나 있다.

살짝 데친 시금치
파란색 너무도 곱다
이파리 앞뒤가
반짝반짝 윤이 난다
조물락 조물락

내 젊은 시절처럼
달짝지근한 맛을 낸다

추억 한 접시 앞에 놓고
웃음이 나는 지난 날
"뽀빠이 살려주세요"
올리브의 목소리 내며
밥 먹이던 그날이
수북하게 모여 앉는다

치열한 경쟁 속 바쁜 나날
엄마 흉내 내며
내 닮은 너도
작은 왕들에게 아양 떨고 있겠지

—「시금치를 무치며」 일부

이 시는 그 제목에서 보는 바와 같이 큰 의미가 부여돼 있지 않다. 이 시는 시금치를 무치며 지난날을 회상하여 쓴 시다. '추억 한 접시 앞에 놓고 / 웃음이 나는 지난날 / "뽀빠이 살려주세요" / 올리브의 목소리 내며 / 밥 먹이던 그날이/ 수북하게 모여 앉는다' 같은 것은 특별한 추억이다.

같은 성격의 시 「꽹과리 없는 막춤」도 생활의 여유와 즐거움에서 노래한 것이다. 귀여운 손자들을 보며 잠들 때는 곡조 없는 자장가도 부르고 때로는 꽹과리 없는 막춤도 춘다는 것이다. 역시 이러한 생활은 영원한 세계를 바라보는 신앙에서 온 것이다.

그의 신앙시는 일차 크리스천 시인들이 많이 쓰는 <기도시> 차원을 넘어서서 생활에서 깊은 신앙을 노래했다는 점이 특징이다.

거기 계셨나요
나를 안다고 하셨나요
모른다고만 하실 줄 알았습니다
손 내밀면 잡힐 듯
멀지 않은 곳에서
기다리고 있었다지요

악한 자의 화려함을
괴로워한 아삽의 시를 동요動搖한 내가
성전에 들어가서야
아픈 이유를

깨달은 내가 믿고 사니 예쁜가요

더 가까이 가까이시 두레박을
내려주세요
당신이 모르실 이 마음도
퍼 담아 드려 보겠습니다
오~ 내가 사랑하게 된 임이시여

—「오해」 전문

그의 많은 신앙시 가운데서도 이 시는 백미다. 그 속에 담긴 내용인 신앙심도 좋았고 그 주제를 잘 소화시키는 표현도 우수했다.

「오해」에서 '거기 계셨나요 / 나를 안다고 하셨나요' '악한 자의 화려함을 / 괴로워한 아삽의 시를 동요한 내가 / 성전에 들어가서야 / 아픈 이유를 / 깨달은 내가 믿고 사니 예쁜가요' 등은 참으로 큰 깨달음을 준다.

이 못지않게 감동을 주는 시는 「그 후로는」「장군도 울더라」「회복」「고로쇠나무의 비경」「그대 오시는 날」「변함없는 당신 앞에」「당신은 누구세요」「그냥 좋아요」 등 이다. 오랜 신앙생활에서 자기를 잘 비춘 시다.

4. 자연의 신비와 생동감

인간 삶의 큰 환경이 자연이라고 볼 때 그 자연에 어떻게 순응하고 이용하고 혜택을 받느냐가 늘 큰 숙제로 되어 있다.

이 자연을 문학과 연결시켜 볼 때 특별히 이름 붙여 <자연과문학> <산림문학> <생태문학>이란 말까지 등장되고 있다.

이 자연과 함께 허정자 시인의 경우는 아주 밀접한 관계에 있다. 허정자 시인이 자란 곳은 경북 영일군 시골이다. 얼마 못가서 바다가 있고 산이 있고 강물이 있고 들판이 있어서 자연 그 속에서 삶을 영위해 왔다.

허정자 시인은 이런 환경 속에서 사고를 키워왔던 것이다. 오늘 시집에 나타난 시는 그런 자연환경 속에서 피워낸 꽃이라 할 수 있다.

이번 시집에서 펼친 자연의 모습은 그의 일상생활에서 피워낸 자연의 빛과 이것을 좀 더 확대해서 낯선 곳을 찾아 피워낸 기행적인 자연—이 두 갈래가 크게 보인다.

우선 계절의 변화를 노래한 시로서는 「계절의 뒷모습」을 필두로 하여 「이 좋은 봄날에」 「봄비」 「오월의 산책길」 「푸른 오월아」 「여름 소나기」 「이미 와 있는 가을」 「시월의 뜰은」 등이고, 꽃을 노래한 것으로는 「으아리꽃」을 필두로 하여 열한 가지 여러 꽃을 제시하고 있고, 기행시로서는 「땅끝마을을 찾아서」를 필두로 하여 국내 여러 유명지를 찾아 쓴 시가 크게 눈을 끌었다.

연못에 창포 잎이
여인의 맵시를 그리는 날이면
하나하나 엮이 길게 내려
아카시아 꽃잎 주머니 열어
새하얀 사연 읽어보고 싶어진다

푸른 오월에
웃을 수 있는 그런 이야기

내 나이를 세어 보아
웃을 수 있음을 부끄러워하지 않겠다
추억을 손에 잡고
향기 짙은 숲속을 걸으며
실눈 내리깔고
마음 푹 놓고 웃는다 해도
말릴 사람 없겠지

—「푸른 오월아」 전문

하얀 쟁반에
노란 계란 떡을 담았구나
푸른 치마 입고 앞장서서
마을 지켰느냐

유월의 그 넓은 들을
하얗게 군락을 이룬 것은
외로움을 나누는 푸념의 장소
소복 입은 미망의 모임인가

애닯다 말없이
침묵을 지키는 민중의 꽃 개망초
유월 마당 지천으로 널려있네
합쳐 승리한 것처럼

—「개망초꽃」 전문

더미로 쌓아 놓은 책갈피다
기묘한 형상을 한 바위
잔잔한 물결이 오가며
소설을 읽고 있는 것만 같다

저 많은 책에 적힌 세상 이야기
다 읽어 보았을까
고운 사연 슬픈 사연
많은 이야기들이 들어 있겠지

찾는 이마다 적어 두고 싶은
그렇고 그런 마음들

나도 임과 같이 손잡고 걸었던
연푸른 책 한 권
여기다 끼워 두고 갈까

석양에 물든 발그레한
이파리와 찰싹거리는 물결이
사는 게 다
한권의 묶은 책이라며
방글거리며 웃어 주었다

—「채석강」 전문

첫 시 「푸른 오월아」에서 '하나하나 엮어 길게 내린 / 아카시아 꽃잎 주머니 열어 / 새하얀 사연 읽어보고 싶어진다'와 '내 나이를 세어 보아 / 웃을 수 있음을 부끄러워하지 않겠다'는 푸른 오월에서 받는 큰 감동이다.

두 번째 시 「개망초꽃」에서 '하얀 쟁반에 / 노란 계란 떡을 담았구나 / 푸른 치마 입고 앞장서서 / 마을을 지켰느냐'와 '외로움을 나누는 푸념의 장소 / 소복 입은 미망의 모임인가'도 개망초꽃을 잘 형상화한 시다.

세 번째 시 「채석강」에서 바위의 신기한 모습을 보고 '더미로 쌓아 놓은 책갈피다 / 기묘한 형상을 한 바위 / 잔잔한 물결이 오가며 / 소설을 읽고 있는 것만 같다'고 묘사한 부분과 그 중간 떠나간 임을 그리워하여 '나도 임과 같이 손잡고 걸었던 / 연푸른 책 한 권 / 여기다 끼워 두고 갈까'는 압권이다.

이상으로 허정자 시인의 작품을 여러 각도에서 살핀 결과 한마디로 알찬 시의 꽃밭을 이루었다고 할 수 있다.

오랜 시의 수련(고향 시골과 도시에서)을 쌓아 내놓은 결과임에 읽는 이들의 마음도 흐뭇하리라 생각된다. 진심으로 축하의 꽃다발을 드린다.

마음 맞는 책

아무리 더 손쉬운 다른 무엇이 더욱 발달되더라도 종이는 종이대로 그 값어치를 잃지 않을 것이다. 글자는 글자대로 그 값어치를 지니고 있으리라.

책은 옛날 살던 훌륭한 사람을 만날 수 있게 하고, 먼 데 사는 어떠한 사람도 만날 수 있게 하리라.

책은 실로 사람과 사람, 사람과 지식, 사람과 기술, 사람과 영혼을 만나고, 손잡고 친하도록 주선하여 주리라.

북랜드는 보다 덕 되는, 보다 재미있는 책들을 가리어 보다 가지기 쉽게, 보다 값싸게 문고판으로 연이어 만들어 마음 맞는 책으로 독서가 여러분의 사랑을 꾸준히 받으련다.

마음 맞는 책 편집위원회